福爾摩斯
SHERLOCK HOLMES
赤色塗鴉

Sherlock
Holmes

SHERLOCK HOLMES

大偵探福爾摩斯

實戰推理系列

SHERLOCK HOLMES

赤色塗鴉

實戰推理短篇

赤色塗鴉

遊民標記

午膳過後，覺得**百無聊賴**的猩仔跑到豬大媽雜貨店找夏洛克玩耍，

卻目睹一個**衣衫襤褸**的人在店旁的牆上，用粉筆畫了些**莫名其妙**的符號，然後又靜靜地離去。

「**那人是誰？**」猩仔看到夏洛克在店前打

掃，就跑過去問。

夏洛克抬起頭
來看了看那人
的背影，說：「他是
個常在附近出沒的
遊民。」

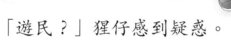

「遊民？」猩仔感到疑惑。

「即是居無定所、四處尋找工作的人。」
夏洛克解釋道，「他剛才說餓了幾天，豬大媽
看他可憐，就拿了些食物給他。」

「是嗎？可是我剛才看到他在牆上畫了些
古怪的符號啊。」

「在哪裏？」

「在這邊，我帶你去看看。」猩仔把夏洛克
拉到那堵牆的前面，「看！不是很古怪嗎？」

「唔……？」

只見牆上有兩個用粉筆畫的圖案，一個是**三角形上有個光環似的圈**，另一個則是**橫躺的橢圓形內有三條垂直的線。**

「我好像在哪裏看過這些圖案……對了！你在這裏等一等。」夏洛克丟下猩仔，到雜貨店拿了一份報紙跑回來。

「這份報紙怎麼了？」猩仔問。

「我之前看過一則新聞，說遊民們有自己一套**溝通用的圖案**，來提醒同伴哪些地方安全、哪些地方有食物等等。據說那些圖案通稱為『**遊民標記**』。」

說着，夏洛克翻了翻報紙，指着一篇報道

說：「你看，這裏有解釋各種標記的意思。三角形代表人，光環表示他是好人。旁邊的是麵包，代表有食物。」

「呀！我知道了！」猩仔搶道，「牆上的圖案是說——**雜貨店有好人能提供食物。**」

「沒錯。」

「哎呀！不得了！趕緊把圖案刷掉吧！」猩仔緊張起來。

「為甚麼？」

「**傻瓜！**你想豬大媽破產嗎？遊民們看到圖案後，會把雜貨店當成**飯堂**呀！」猩仔**七情上面**地解釋。

「哎呀，沒人像你那般貪吃啊！」夏洛克沒好氣地說。

「我哪裏貪吃了！」猩仔辯駁道，「我身為偵探團團長，平日要四出調查，太花氣力了，所以才吃多一點罷了。」

「啊？你又在調查甚麼嗎？」夏洛克問。

「調查……調查……」猩仔結結巴巴地想了想，「對了！山腳下的牧場附近也畫了很多這些圖案！」

「你是說，有很多遊民標記？」

「我不知道是不是遊民標記，總之有很多圖案吧。要不我帶你去看看？」

　　夏洛克跟着猩仔來到山腳的牧場，果不其然發現很多遊民標記。夏洛克一眼就認出部分標記的意思。

　　「這兩個像鏟子的圖案，是代表有工作呢。」夏洛克看着一個畫在石頭上的圖案説。

　　「但上面被人用紅色的油漆打了個叉，難道是因為現在已沒工作？」猩仔説完，往前方看去，「咦？前面的大石上好像還有別的圖案呢。」

夏洛克走近一看，果然發現一組圖案，看來是代表「**不要往前走**」、「**危險**」的意思。此外，其下還有一堆與遊民標記**截然不同**的紅色符號。

「這些**紅色符號**是甚麼意思？」猩仔問。

「唔……我也不知道。這些不是遊民標記，看來是另一種暗語。」

謎題① 下面的圖案是甚麼意思呢？

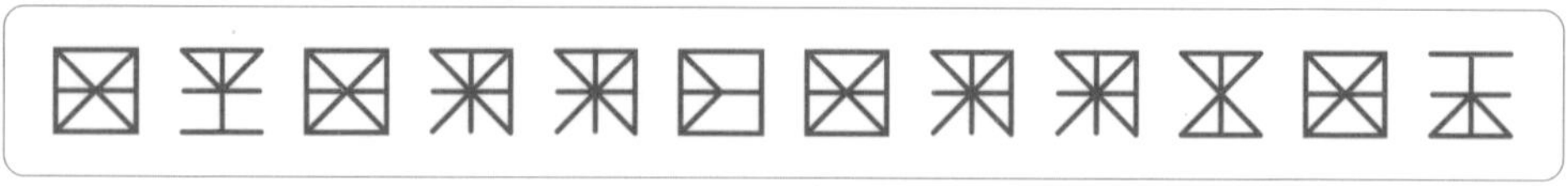

「暗語？圖案中有好幾個是重複的，是代表**相同意思**嗎？」

「說不定是相同的英文字母……」夏洛克想

了想，「啊！我知道了。你還記得上次在公園看那個老伯出的謎題嗎？」*

「他問了很多謎題啊，你說的是哪一題？」猩仔搔搔頭。

「有很多黑色小方塊的那一題。」

「我記起來了！要看方塊之間的空隙，才能分辨出英文字母。」

「要破解這一道謎題，看來也要用類似方法。」夏洛克指着第一個圖案說，「第一個字應是『I』，然後是『W』──」

說到這裏，夏洛克忽然停了下來，額角還滲出了豆大的汗珠。

「怎麼了？」察覺夏洛克面色有異，猩

* 詳見《大偵探福爾摩斯 實戰推理系列①神秘老人的謎題》。

仔緊張地問。

「這……這……」

夏洛克**期期艾艾**地說，「如果……我沒有理解錯的話，這圖案的意思是『I WILL KILL HIM』！」

「甚麼？」猩仔大吃一驚，「這……這不會是**殺人**預告吧？」

「還不敢肯定……」夏洛克**臉帶懼色**地沉思一會，「不管是不是真的，也應該先通知牧場的主人吧。」

你知道夏洛克是如何破解這個密碼嗎？不明白的話，可以在第40頁找到答案。

「也好！不然真的發生了甚麼事，就會**後悔莫及**了。」

「喂！你們在這裏**鬼鬼祟祟**的幹甚麼？」忽然，一個**極不友善**的聲音從兩人後方響起。

兩人回頭一看，只見一個看起來像是牧場主

的中年男人，**殺氣騰騰**地沖着他們喝道：「你們兩個臭小子！想偷我牧場的東西嗎？」

「不！我們只是看到附近有很多神秘圖案，想調查一下罷了。」夏洛克**直話直說**。

「哼！那些遊民總是**四處亂畫**！看來還受不夠教訓呢！」牧場主充滿怒氣地罵道。

「他們想教訓你，用符號表示要殺死你呀！」猩仔**衝口而出**。

「我會怕嗎？敢來的話，我就宰了他們！」牧場主說着，突然從口袋裏拔出一把**手槍**，在猩仔面前晃了晃。

「哇！好危險。你不要用槍指着我啊！」猩仔被嚇得閃到一旁。

「哼！**識趣就快滾！**」牧場主罵道。

「知道了，我們馬上就走。」夏洛克連忙拉着猩仔離去。

「這牧場主好**難相處**，難怪有人想對付他了。」猩仔說。

「就算多難相處，也不能**訴諸暴力**呀。」

「那麼接下來，我們應該怎麼辦？」

「單憑一句暗語就判斷有人**意圖謀殺**，就算警察也未必會信。」夏洛克往**四處張望**了一下說，「再找找有沒有其他**遊民標記**或**紅色暗語**，我們再作打算吧。」

夏洛克與猩仔繞着牧場走了一圈，果不其然，給他們發現了一些**新的紅色塗鴉**。

「這個看來也是與別人溝通的暗語呢。」夏洛克指着一個寫在圍欄上的紅色塗鴉說。

「但是這暗語看來跟剛才的完全不同啊。」猩仔皺着眉頭說。

圍欄上寫着一堆像是分數似的數字，從**狂亂的筆跡**中可以感覺到寫的人當時相當激動。

「這是**數學題**嗎？」猩仔摳着鼻孔說，「我最怕數學了。」

「看來不是，因為第一行寫着 $\dfrac{1}{1}$ $\dfrac{2}{1}$ = JA，

沒有數學題是這樣的。

$$\frac{1}{1}\ \frac{2}{1} = JA$$

$$\frac{5}{3}\ \frac{1}{2}\ \frac{5}{3}\ \frac{2}{8}\ \frac{3}{4}\ \frac{4}{9}\ \frac{5}{11}\ \frac{3}{5}\ \frac{5}{10}\ \frac{8}{12}\ \frac{1}{10}$$

這應該是**解開暗語的提示**。」

「有道理，數學題的答案不可能是英文字母。可是，為甚麼要用＝把兩者像算式那樣連接起來呢？」

「唔⋯⋯應該是 $\frac{1}{1} = J$，而 $\frac{2}{1} = A$，所以 $\frac{1}{1}\ \frac{2}{1} = JA$ 吧？」

「那麼，JA又代表甚麼呢？」

「JA嗎⋯⋯？」夏洛克沉思片刻，突然**眼前一亮**，「班裏有個同學是德國來的，我記得他說過德文中的**JA**等於英文的**YES!**」

「哎呀，遊民又怎會懂得德語啊！」猩仔沒

好氣地説。

「是的，那麼JA是甚麼呢？」夏洛克又陷入沉思。

「呀！我知道了！是代表日本！這是日本的簡寫！」猩仔自以為是地嚷道。

「簡寫？」夏洛克聽到猩仔這麼一説，頓時茅塞頓開，「我明白了！是JANUARY（一月）的簡寫才對！」

「甚麼？不是日本嗎？」猩仔似有不服。

你知道月份跟暗語有何關聯嗎？不明白的話，可以在第40頁找到答案。

「你看，下面那一行的分母最大也只有12，而一年只有12個月，所以JA應是代表JANUARY（一月）。」夏洛克指着圍欄上的紅字解釋道。

說完，他拿出一本小簿子，邊寫邊**喃喃自語**：「$\frac{5}{3}$ 應該是 H……」

「為甚麼呀？我不明白啊！」猩仔摸不着頭腦。

「不得了！暗語的意思是『HE HURT MY BRO』。」夏洛克的手已有點**顫抖**了。

「難道……牧場主傷害了這個人的兄弟，所以這個人要**復仇**？」

「不能肯定。」夏洛克擔心地說，「但事情看來並不單純，我們得找出更多暗語來證實這個推論。」

「好！有暗語的話，一定**逃不過我的法眼**！」

糊塗傻探

正當夏洛克和猩仔準備搜尋之際，兩個 一老一嫩 的男子忽然擋住他們的去路。

「喂，我們是警探。」年輕男子問，「你們在幹甚麼？」

「警探？」猩仔摸摸下巴，以 疑惑的目光 看着兩人說，「一點 警探的風采 也沒有，怎樣看也只像路人甲和路人乙呢。」

「甚麼？胖小子！你好大膽，竟敢 出口傷人！」年紀大的男子語帶怒氣地說，「這兒的

牧場主投訴，說有兩個小子私闖民居，非常可疑！那兩個小子就是你們吧？」

「哎喲！那傢伙太不近人情了！」猩仔罵道，「我們好心提醒，說有人想殺害他，他不但不理，還誣告我們？」

「你說甚麼？有人想殺害他？」年輕幹探緊張地問。

「是的，在牧場入口有些塗鴉般的暗語……」夏洛克將事情從頭到尾地解釋一遍。

「在塗鴉上預告殺人？哈哈，真會開玩笑。」老幹探捧腹大笑，「小朋友，警察每天要處理好多案件

啊，才沒空陪你們玩**無聊的遊戲**呢。」

「甚麼無聊遊戲？我們句句真話，**並無虛言**！」猩仔反駁。

「哪有人會把**殺人計劃**公開預告呀？那豈不是**自掘墳墓**嗎？」老幹探取笑道，「小孩子應該去遊樂場玩玩**蹺蹺板**或者**盪鞦韆**，不要疑神疑鬼，浪費我們的警力！」

夏洛克連忙解釋：「不，我們破解了暗語，所以——」

「**滾！滾！滾！**」老幹探不耐煩地擺擺手，「別再說了，快滾吧！別再**惹事生非**了。」說完，他頭也不回地轉身離開。

「假若真的有人被殺，你會後悔的！」猩仔

向老幹探的背影嚷道。

「我們真的破解了暗語啊。」夏洛克感到有點**委屈**地呢喃。

本欲離去的年輕幹探回頭看了看夏洛克，停下腳步說：「**前輩！**不如看看他們所說的暗語吧。」

「要看你自己去看。下班時間到了，內子正等我回家吃飯呢。」老幹探揚一揚手，丟下年輕幹探就**自顧自地**走了。

「我叫雷斯，你們叫甚麼名字？」年輕幹探目送老幹探離去後，走過來向夏洛克兩人問道。

「我是少年偵探團G的團長**猩爺**，他是我的手下，叫**新丁1號**。早前那宗偷運瀕危動物

案，就是我搗破的。你沒看報紙的報道嗎？」猩仔**自吹自擂**。

「啊？我記得那起案子，原來是你搗破的，真是**有眼不識泰山**，失敬了！」雷斯有點驚訝。

「哈哈哈！知道我的厲害了吧！」

「別聽他亂吹，我不是新丁1號。我的名字叫**夏洛克・福爾摩斯**。」夏洛克斜眼看了看猩仔說，「他嘛，喜歡自稱猩爺，其實是叫猩仔。」

「猩仔和夏洛克嗎？」雷斯笑道，「很高興認識你們，可以讓我跟着你們去**調查**嗎？」

「你是警探，應該自己去調查呀！」猩仔不屑地說。

「我才當上警探不久，前輩常常説我**笨頭笨腦**，我完全沒信心破解甚麼暗語啊。」雷斯有點**傻乎乎**地説。

「哎呀，好吧！好吧！」猩仔裝作**勉為其難**地説，「看你那麼可憐，就讓你跟我猩爺學習如何破解暗語吧！」

「雷斯先生，他最喜歡**自吹自擂**，請勿見怪。」夏洛克慌忙為猩仔的**無禮**賠罪，「你肯與我們一起調查，我們才安心呢。」

「跟我來吧！」猩仔一馬當先，領着夏洛克和雷斯在牧場外圍進

行調查。三人很快就在圍欄附近找到一個代表「*往這邊走*」的遊民標記。依照標記的指示前進後,他們在一顆大石上找到另一個**紅色的暗語**。但跟之前不同的是,這個暗語雖然由英文字母組成,卻怎樣看也不像有意思的句子或詞語。

「**jhBBBAGOh**?是甚麼意思?」雷斯摸不着頭腦。

「哎呀!你是警探,應該你來解答呀!」猩仔説。

「這個嘛……」雷斯凝視了暗語一會，最後仍 *搖搖頭* 説，「真的不懂，非常抱歉。」

「不打緊，我們一起來破解吧。」夏洛克看着暗語仔細研究一番後，説，

謎題③

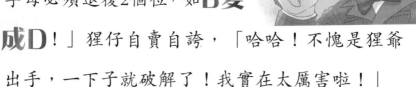

「唔？**字母下面的箭頭**是甚麼意思呢？XV看來是提示呢。」

「我知道！⬆ 是把V變成X的意思！就是説，每個英文字母必須退後2個位，如 **B變成D**！」猩仔自賣自誇，「哈哈！不愧是猩爺出手，一下子就破解了！我實在太厲害啦！」

「那麼，← 呢？指向左方的箭頭又是甚麼意思？」夏洛克斜眼看着 **自我陶醉** 的猩仔，提出質疑。

「還用問嗎？當然是向左退後2個位啦！警探先生！你來評評理，是我對？還是他對？」

「這個嘛，哈⋯⋯哈⋯⋯我⋯⋯完全聽不懂你們在說甚麼呢。」雷斯尷尬地傻笑。

「↑代表『向上』，有『上方』的意思。那麼，V就是X的『上方』了，可是V為甚麼是X的『上方』呢？」夏洛克盯着X和V自言自語，忽然靈光一閃，「我知道了！暗語的意思是INEEDAGUN！」

「INEEDAGUN？甚麼意思？」雷斯仍然不明白。

你明白為甚麼「V」會是「X」的上方嗎？如解答不了，可以看看第41頁的答案。

「哎呀！不是很清楚了嗎？」猩仔已忘了自己剛才的錯誤解讀，訓斥道，「暗語是說『I NEED A GUN』！有人要一把槍去殺掉牧場主呀！」

「啊……」雷斯不禁大驚。

「咦？這裏有個像『#』的圖案！」夏

洛克指着石頭後面説。

「井嗎？我知道！我有一次巡邏的時候，差點掉進一個**廢井**中。」雷斯説。

「哎呀，你頭上**沒長眼睛**嗎？怎會差點掉進廢井中？」猩仔沒好氣地説，「這麼糗的事情，還好意思説出來呢！」

「哈……哈……」雷斯尷尬地笑道，「我的

格言是誠實地面對自己的失敗嘛。」

「別説格言了，快帶我們去那**密井**吧。」
夏洛克催促。

「好！跟我來吧！」雷斯傻乎乎地挺一挺胸
膛，轉身就走，但一開步就左腳踢着了自己的
右腳，「**啪噠**」一聲，**摔了個大跟頭**。

「你還想當警探嗎？」夏洛克輕聲地在猩仔
耳邊問。

「要當他這種傻探的話，我寧可去當賊了。」
猩仔看着趴在地上的雷斯，幾乎**反了白眼**。

廢井與枯樹

　　在雷斯跌跌撞撞的帶領下，終於來到了牧場後方的**廢井**。那是一口枯井，四周相當**荒蕪**，盡是**枯草**。從枯井往牧場方向看去，可看到一棵**巨大的枯樹**在遠處孤零零地佇立着，令周圍的環境顯得格外陰森。

　　「你們看！廢井上畫了很多奇怪的符號。」
猩仔搶道。

果然，廢井的側面有一個由箭頭和數字組成的「十」字形圖案，而井口邊緣上則寫着3組數字——**12345 674 6544**。

謎題④

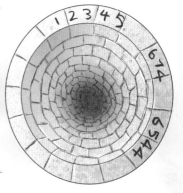

「『**十**』字形圖案由1至7組成，而井口上的3組數字也由1至7組成，難道兩者有甚麼關連？」狸仔問。

「『**十**』字形的數字⋯⋯看起來像個**方向標**⋯⋯呢？」雷斯首次說出了自己的意見。

「方向標？即是EAST、SOUTH、WEST和NORTH的意思嗎？看來不是，因為指向上

的由①和↑組成，但NORTH卻有5個字母，對應不了啊！而向右的由⑤→→⑦→組成，但EAST卻只有4個字母，也對應不了。」夏洛克説。

「慢着！你剛剛説『**向上**』和『**向右**』，會不會是那個——」猩仔提醒。

「呀！一言驚醒夢中人！我明白了！」夏洛克靈光一閃，「是UP！2個字母正好與①和↑匹配！」

「1是U，2是N，接着……」夏洛克拿出**小簿子**，邊寫邊喃喃自語，「所以，暗語就是**UNDER THE TREE**！」

「在樹下？甚麼意思？」雷

箭頭數量和up有甚麼關係呢？不明白的話，可以在第41頁找到答案。

斯**拚命搔頭**，仍不明白。然而，夏洛克與狸仔已**不約而同**地往遠處的那棵枯樹看去。

「是樹下！可能有人把槍埋在樹下給疑犯使用！」夏洛克**話音未落**，已往枯樹跑去。

「甚……甚麼？」雷斯呆然。

「**枯樹！是枯樹啊！**」在狸仔的叫嚷下，雷斯才**如夢初醒**般，跟着兩人跑去。

然而，當三人衝到枯樹前時，有人已**捷足先登**挖出了手槍。夏洛克定神一看，那人正是今早曾在雜貨店討吃的遊民。

「**你們是誰！**」遊民看到有人靠近，馬上舉槍指向三人。

「小心！」夏洛克叫道。

「果然是把槍埋在樹下呢！」猩仔說。

「我是警探，先把槍放下吧。」雷斯小心翼翼地趨前。

「警探？」遊民猛地把槍指向雷斯，「別走過來！是牧場主叫你們來的嗎？」

「請勿激動，你與牧場主有甚麼恩怨，可以慢慢談。我們是來幫你的。」雷斯一反笨手笨腳的常態，突然變得冷靜沉着，讓夏洛克和猩仔大感意外。

「他害死了我的弟

弟！」遊民吼道，「我跟弟弟冬天來到那牧場打工，可是完成工作後，那牧場主非但不肯支付薪金，還反指我們是小偷！更在**暴風雪**之**夜**把

我們趕走，害得我弟弟

被**活生生地**（）！」

夏洛克問：「所以你想報仇，留下『I WILL KILL HIM』的暗語？」

「沒錯，我要他**一命填一命**！」遊民激動地說，「我用暗語跟其他遊民溝通，終於有好心人替我準備了手槍。你們不要妨礙我！殺掉那傢伙後，我會去**自首**的。」

「千萬不要衝動！」雷斯叫道，「我們可以為你弟弟**伸冤**。請冷靜地想想，你弟弟也一定不希望你**因報仇而坐牢**啊！」

「**廢話少說！**敢妨礙我的話，別怪我**手**

下無情！」遊民舉起手槍，猛然指向雷斯。

「**啊！**」猩仔和夏洛克大驚。

就在這時，雷斯突然一個箭步往遊民飛撲過

去。「**砰**」的一下槍聲響起，把夏

洛克和猩仔嚇得**魂飛魄散**。

然而，當他們定過神來一

看，卻見雷

斯已抓着遊民

的手指向天空，看來槍

砰
!!

口只是**朝天開了一槍**。

「可惡！」遊民仍企圖反抗，但雷斯把他的**手腕一扭**，再**用腿一勾**，就把他整個人壓倒在地上了。

「我明白你的憤怒，但請你先冷靜下來吧！」雷斯沉着地勸道。

「好厲害！」夏洛克和猩仔不禁為雷斯**拍掌歡呼**。

隨後，雷斯把遊民**押到警局**，把他暫時拘留了。

「他也怪可憐的，會被控告嗎？」猩仔有點擔心地問。

「不管目的如何，企圖**持槍**報仇和**襲警**皆是**重罪**，我們不得不起訴他。」雷斯解釋

道，「不過，我們也會調查那個牧場主，如那遊民說的是事實，也會起訴他。」

「哼！那牧場主**兇神惡煞**的，一定不是個好人！我要告訴鎮上的人，叫他們不要買他的農產品！」猩仔**正氣凜然**地說。

「媽媽說**人不可以貌相**，原來是真的。」夏洛克佩服地說，「你看來**傻乎乎**的，沒想到一出手，就把犯人制服了，真厲害！」

「哈哈哈！我平時確是**笨手笨腳**，不太懂得查案。但為了阻止罪案發生，我的

蠻力就會忽然跑出來了。」雷斯搔搔頭笑道。

「好！我也一定要成為蘇格蘭場的幹探，到時我也會像你一樣**阻止罪案發生**！」猩仔説着，興奮得使勁地**拔下一條鼻毛**。

「**哇！**不得了！雷斯先生快閃開呀！」夏洛克見狀馬上一蹬，猛地往旁躍開了一步。

「甚麼意思？為何要閃開？」雷斯不明所以。

「**乞嚏**」一下爆響，可憐的雷斯已被猩仔的噴嚏擊個正着，臉上沾滿了**口水鼻涕**。

然而，他卻依然傻乎乎地呆站在那裏，不知如何是好……

解謎篇

謎題 ①

只要把圖案重疊起來，就知道其實所有圖案都源自同一個圖案。而各個圖案中缺少的線，就代表着相應的英文字母。

例如： ⊠ → ⊠ → ⋇ → ⊓ (A)

I WILL

KILL HIM

所以答案就是：I WILL KILL HIM

謎題 ②

分母代表月份，而分子則代表該月份上的英文字母次序。

例如 $\frac{2}{1}$ = A，是因為分母代表1月=January，而分子是代表January的第2個字母，也就是A。如此類推，答案就顯而易見了。

$\frac{5}{3}$ =H $\frac{1}{2}$ =E $\frac{5}{3}$ =H $\frac{2}{8}$ =U $\frac{3}{4}$ =R $\frac{4}{9}$ =T

$\frac{5}{11}$ =M $\frac{3}{5}$ =Y $\frac{5}{10}$ =B $\frac{8}{12}$ =R $\frac{1}{10}$ =O

所以答案就是：HE HURT MY BRO

謎題③

箭頭其實是代表要保留字母的哪個部分，例如X↑是指保留X的上方，所以就是V了。

所以答案就是：I NEED A GUN

謎題④

「十」字形其實是代表「UP、DOWN、LEFT、RIGHT」（上下左右），箭頭各自對應這四個英文詞語的不同字母，即：

依據井口上數目字的位置，把它們所代表的英文字母重新排列，就能得出答案：UNDER THE TREE

實戰推理短篇
水色項鏈

連環爆竊

　　在一所荒廢的大宅中，唐泰斯正與一名矮小的黑衣人無言地對峙。忽然，黑衣人在原地輕輕地—蹦—跳，就像隨時伺機進攻似的。唐泰斯不敢鬆懈，**屏氣凝神**地觀察着對方的**一舉一動**。

　　「唏！」黑衣人猛地舉手一揚，剎那間，

一柄小刀已「呼」的一聲從唐泰斯的臉旁掠過。同一瞬間，黑衣人用力一蹬跳到樑上，但隨即又一躍而下，直往唐泰斯衝去！

黑衣人手中寒芒一閃，一柄短劍已從衣袖中彈出！

「糟糕！」眼見短劍已殺至，唐泰斯自知無法閃避，只好扭動身體一翻，並隨即踢出了一腳！說時遲那時快，這一腳不偏不倚地踢中了黑衣人持劍的手腕。

「嘎」的一下，袖中劍被踢得飛插在樑上。黑衣人頓時失去平衡，好不容易才**狼狽着地**。但唐泰斯已迅即躍到其身後，並一手擒着黑衣人的衣領輕輕一摔，把他凌空摔倒在地上。

「**勝負已分！**」唐泰斯把黑衣人拉起來。

「哈哈，你又進步了。」黑衣人脫下面罩，露出滿是**傷疤**的臉。原來，他是**虎屋四丑**之一的**金丑**。

「也是多得你指導有方啊。」

自從得知仇人**維勒福**被無罪釋放後，唐泰斯一直加緊防範。他知道那**惡魔**一定不會輕易放過他和他身邊的人。為此，他除了**廣佈線眼**去查探維勒福的動靜外，也日夜跟庖屋四丑進行激烈的**格鬥訓練**。

這時，大宅的大門被推開，一名**藍髮少女**走了進來。

「小鷹，你回來了？」唐泰斯趨前關心地說，「探子的工作就由我和庖屋四丑來做吧，你要多休息啊。」小鷹曾因他而陷於**生死邊緣**，為此他一直**自責不已**，危險的工作已不敢讓她去做了。

「我只是查探一下夏洛克那小子罷了。」小鷹翻開她的連衣帽說，「他的家剛被人爆竊了。」

「甚麼？有沒有人受傷？」唐泰斯緊張地問。

「我從遠處看到，美蒂絲和她的大兒子去報案了，夏洛克留在家中看門口，看來沒人受傷。」

「他們不是有錢人家，為甚麼會被爆竊呢？」金丑感到疑惑。

「據說是連環爆竊，接鄰幾户也有被人闖進的痕跡。」

「唐泰斯你怎麼看？會不會跟維勒福有關呢？」金丑問。

　　「很難説……」唐泰斯想了想，就拿起外套
説，「我親身去了解一下吧。」

　　唐泰斯化身成**桑代克**，來到那間**熟悉的**
小房子前，看到夏洛克和猩仔正在前院檢查
一扇破窗。他確認美蒂絲仍未回來後，就走近
問道：「怎麼了？玩耍時連窗也**砸爛**了嗎？」

　　「咦？桑代克先生，你怎麼來了？」夏洛克
感到詫異。

「沒甚麼，只是路過附近，走來看看你罷了。」

「**是爆竊！爆竊啊！**」猩仔煞有介事地嚷道，「賊人打爛這扇窗，走進他——即是我的手下——的家爆竊啊！」

「喂！我不是你的手下！」夏洛克抗議。

「有甚麼損失嗎？」桑代克問。

「我們**家無長物**，根本沒有值錢的東西。」夏洛克說，「不過，媽媽一直珍而重之的**水色項鏈**被偷走了。」

「水色項鏈？」桑代克**若有所思**

地沉默了一會，「那麼，抓到犯人了嗎？」

「哎呀！這案件由**雷斯**負責，能抓到就出奇了。」猩仔搶道。

「雷斯？」

「是個**新人警探**，之前與我們一起破了一宗殺人未遂的案子。」夏洛克説。

「**殺人未遂的案子**嗎？」桑代克想了想，「啊，我記起來了。報紙曾大肆報道，還刊出了你們的照片呢。」

「哇哈哈！你也看到了嗎？」猩仔*得意揚揚*地説，「知道本大爺的屬害吧！其實我組織了一個偵探團，名為『**少年偵探團G**』，現在正要帶領**新丁1號**去找出爆竊的犯人呢。」

「新丁1號？」桑代克不明所以。

「**哇哈哈！**」猩仔用拇指指一指身後的夏洛克，「當然是他啦！這稱號是我**賞賜**給他的。」

「喂！我不是新丁1號！」

「哈哈哈，有趣！」桑代克笑道，「那麼，讓我也來參加你們的調查吧。」

「你嗎？」猩仔皺起眉頭，故意擺出一副**面有難色**的樣子說，「想參與調查的話，要成為少年偵探團G的團員才行啊。」

「我可以申請入團嗎？」桑代克笑問。

「這個嘛……」猩仔摸摸下巴說，「可是，入團是要交**入團費**的啊。」

「入團費？你想乘機**撈錢**嗎？」夏洛克不

滿地説。

「哈哈哈，沒關係。請問入團費多少？」桑代克問。

「你是熟人，便宜一點，2枚金幣吧。」

「2枚金幣嗎？」桑代克把錢掏出遞上。

「桑代克先生果然爽快，我不客氣了。」

猩仔奪過金幣，並笑嘻嘻地說，「對了，差點忘了冠名費，外加3枚金幣。」

「冠名費？那是甚麼？」

「你是『新丁3號』呀，這是個幸運號碼，當然要收冠名費啦。」

「你太過分了！」夏洛克罵道，「怎可以亂起名堂撈錢！」

「算了、算了，這裏是3枚金幣，拿去吧。」桑代克把金幣塞進猩仔的手中。

「哇哈哈！太好了！」猩仔大喜，「那麼，就由我猩爺來說說案情吧。聽着，據警方推論，犯人在今天下午連環爆竊了三所房子，這一所是最後的一所。」

「今天下午？知道具體的案發時間嗎？」桑代克問。

「案發時間？」猩仔摳摳鼻孔，「這個嘛⋯⋯好像是⋯⋯」

「你剛才不是纏着雷斯先生問過了嗎？」夏洛克提醒。

「呀！對，我抄下來了！」猩仔掏出**記事本**，翻開其中一頁説，「有了！」

「是幾點？」桑代克問。

「是——」猩仔用力一拔，拔出了一根鼻毛，「哇哈哈，是——」

同一刹那，他突然「**乞嚏**」一聲朝着桑代克噴去！

但桑代克**眼明手快**，扯起大衣一揚，就把噴嚏擋了回去。

「**哎呀！**」

猩仔被潑回來的噴嚏擊個正着，連手上的記事本也**遭了殃**。他慌忙用手袖擦了擦記事本，卻沒想到把關鍵的案發時間擦得**模糊不清**。

「糟糕！**案發時間被鼻涕擦掉了！**」猩仔大驚。

「甚麼？你這個團長很不可靠呢。」桑代克沒好氣地説。

「不過，幸好4個證人**羊大媽**、**小鹿**、**虎大叔**、**斑馬哥**的目擊時間沒被擦掉。」猩仔指着本子説，「羊大媽是**1時05分**、小鹿是**1時15分**、虎大叔是**1時30分**和斑馬哥是**1時35分**。」

「太好了，這個很有參考價值。」

「但他們的懷錶全部都不準，有的説**慢了20分鐘**，有的説**快了5分鐘**，又有的説**慢了10分鐘**，有的則説**快了10分鐘**。」

「哎呀，甚麼**又快又慢**的，到底正確時間是幾點啊？」夏洛克不滿地説。

羊大媽
1：05

小鹿
1：15

A懷錶
快了10分鐘

B懷錶
快了5分鐘

虎大叔
1：30

斑馬哥
1：35

C懷錶
慢了10分鐘

D懷錶
慢了20分鐘

在未能確認哪些懷錶是屬於誰的情況下，你能推測出正確的目擊時間是幾點嗎？

「是**1時25分**吧。」桑代克想了想，很快就應道。

「對！對！是1時25分。你怎麼知道的？」

「**推理呀，推理。**」桑代克指指狸仔的頭顱說，

「你不是很聰明的嗎？」

「哈……哈哈！當

然……當然是推理，太簡單了！」猩仔為了掩飾自己的愚蠢，慌忙咧嘴笑道。

「呀！」夏洛克猛然醒悟，「1時25分是教堂開始**崇拜**的時間！」

「嘿，看來犯人是看準這個時間，趁大部分人都在**教堂**時下手呢。」桑代克想了想，問，「那麼，知道另外兩所房子失去了甚麼嗎？」

你知道桑代克是怎樣得知正確時間嗎？不明白的話，可以在第82頁找到答案。

「一些**首飾**和少量**碗碟**，都不是甚麼值錢的東西。這條街的住戶大都是**平民百姓**，家裏不會放很多財物。」猩仔說。

「估計是每所房子**值錢的東西太少**，犯人才要連環爆竊吧。」夏洛克說。

連環爆竊

「這樣看來，犯人在犯案前並沒有做**充分**調查，很有可能是因為**山窮水盡**，又看到這幾所房子沒有人才入屋爆竊。」桑代克檢查了一下破窗，又看看被丟進室內的**石頭**，繼續分析道，「嘿，就連破窗的工具也是現成撿來的石頭，一定是**即興犯案**了。」

「**英雄所見略同**！你的分析和我一樣呢！」猩仔大言不慚地附和。

「是嗎？」桑代克斜眼看着猩仔問，「那麼，你知道那4個證人有看到**犯人的樣貌**嗎？」

「沒有，他們只是在案發時，**不約而同**地聽到**窗戶**被**打爛**的聲音罷了。」

「桑代克先生，你看！」夏洛克指着散落一地的玻璃說，「碎片上好像有些血跡呢。」

桑代克蹲下來細看，果然，玻璃碎片上沾有一些血跡。接着，他再到前院的草地去檢視，發現有些草也沾有血跡。

「警察有發現這些血跡嗎？」他抬起頭來問猩仔。

「雷斯沒提起啊，他們可能沒發現。」猩仔摳着鼻子說。

「警察們太大意了。」桑代克說着，又抬頭望向天空，只見空中烏雲密佈。

「快要下雨了，必須馬上追蹤這些血跡，看看能否**找出犯人的逃跑方向**。」

「好！我猩爺表演的時間到了！」猩仔說着，用力一蹬，**作勢要跑**。

「別跑！這樣會**破壞犯罪線索**的。」夏洛克連忙制止。

「那該怎樣做啊？」猩仔不滿地說。

「留意地上的**鞋印**和草上的**血跡**，從中

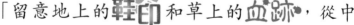

就可推斷出犯人的行蹤。」桑代克說。

謎題②

從右下角的起點前往左上角的終點。你可以往上下左右任何一個方向移動，但每一步必須右腳與左腳交替前進，而且不能穿越褐色的圍欄部分。

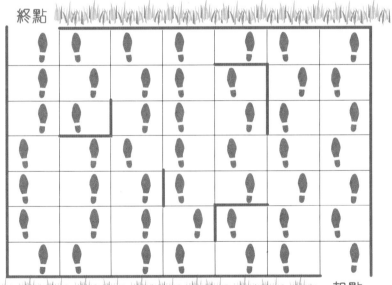

終點

起點

你能否成功到達終點呢？不能的話，可以在第82頁找到答案。

冒雨追跡

三人追蹤着帶血的足跡，穿過了一座小山，來到一個**滿是店鋪的舊區**之中。可是此時雨勢漸大，他們無法再靠血跡追查下去。

「怎麼辦？**線索斷了！**」猩仔叫道。

「這倒不一定。」桑代克環顧四周的店鋪說，「你們認為一個**山窮水盡**的人，拿着**贓物**會去哪裏？」

「會去哪裏？我知道！一定會**挖個地洞**把贓物藏起來！」猩仔自信滿滿地説。

「怎會呀？」桑代克差點氣得摔倒。

「如果他是**缺錢**犯案，應該會馬上**變賣贓物**吧？」夏洛克猜想道。

「沒錯。」桑代克指着一家在門外掛着**三個鐵球**的店鋪說，「那裏有一家**當鋪**，我們去看看吧。」

桑代克走進店內，只見一個戴着**紅色鴨舌帽**的老店主，正在櫃台後面悠閒地抽着長長的**煙管**。他看見桑代克帶着兩個小孩走進來，就不耐煩地說：「這裏是當鋪，不是**玩具店**，小孩不准進來，快滾！快滾！」

「買東西也不行嗎？」桑代克說着，把一個錢袋「咚」的一聲，放到櫃台上。

「啊！」老店主兩眼發亮，「你想要買甚麼？這裏甚麼都有！」

「有水色的項鏈嗎？」

「你想找項鏈嗎？」老店主拿出一個首飾盒，把裏面的項鏈逐一放在櫃台上，「你看，金鏈、銀鏈和紅寶石項鏈都有，保證比你在珠寶店買要便宜得多。」

桑代克看了看那些項鏈，搖搖頭道：「不，我想找吊墜是淺藍色水滴形寶石的銀製項鏈。」

聽到桑代克的形容後，夏洛克臉上露出驚訝的神色。

「吊墜是水滴

形寶石的項鏈？」老店主抽了一口煙道，「真巧，剛才有人想賣一條給我呢，但我一眼就看出那**寶石是假的**，所以**一口拒絕**了。與其找那種**次級貨色**，不如買我這些珍藏吧。」

「那人長相如何？去哪裏了？」桑代克問。

「喔……他身穿**墨綠色的外套**，頭戴**深藍色的帽子**，長着**一雙大耳朵**。我不肯買下他的物品後，他就怒氣沖沖地説要去找別家店子了。唔……市集有**專門收買假貨**的攤子，我估計他去了那兒吧。」

「他走了多久？」

「不到十分鐘。我看他走路**一拐一拐**的，應該走不遠吧。」

「謝謝你。」桑代克說完，就帶着猩仔和夏洛克**轉身離去。**

「喂，你不買點甚麼嗎？」老店主問。

「給我這些吧。」桑代克放下**3枚金幣**，隨手拿起了放在門旁的**三把傘子**。

「謝謝！謝謝！」老店主**見錢開眼**，慌忙哈着腰說，「出門後往左邊一直走，就能到達市集了。」

「**新丁3號**！你肯定老店主所說的就是犯人嗎？」猩仔撐着傘問道。

「叫我的名字吧，好嗎？」桑代克沒好氣地說，「那條項鏈雖然**不值錢**，但卻

是世上**獨一無二**的，絕不會有錯。再說，老店主指那人走起路來**一拐一拐**的，而沾血的足跡**一深一淺**，兩者的關係不是已很明顯嗎？」

聞言，走在後面的夏洛克趕上來問道：「桑代克先生，為甚麼你會知道——」

「啊！到了！**前面就是市集**！」猩仔的大嗓門打斷了夏洛克的說話，「你們看，明明已下着雨了，還是那麼多人呢！」

「你們還記得**疑犯的特徵**嗎？」桑代克問。

「老店主說他身穿**墨綠色的外套**，頭戴**深藍色的帽子**，長着**一雙大耳朵**。」夏洛克說。

「沒錯。」桑代克命令，「我們分頭找找看。你們找到了就馬上通知我，**千萬不要衝動行事。**」

「喂！我才是團長呀！該由我來**發號施令**才對啊！」猩仔抗議。

謎題③ 身穿墨綠色的外套，頭戴深藍色的帽子，長着一雙大耳朵的人在哪裏呢？

你找到老店主描述的人嗎？找不到的話，可以在第83頁找到答案。

桑代克和夏洛克都沒有理會他，兩人已一個閃身走遠了。

「哇！等等我呀！」猩仔慌忙追去。

雨愈下愈大，人們大都撐着傘子把臉部遮蓋了，令尋人的**難度大增**。桑代克一邊留意路人們的衣着，一邊尋找收買東西的攤子。

「**桑代克先生！**」忽然，一個聲音從高處傳來。桑代克連忙抬頭看去，只見夏洛克不知何時已**攀到樹上**。

「**在你的左邊！**」夏洛克不停揮手指向左邊，他回頭一望，果不其然，一名與老店主

的描述**一模一樣**的人，手握一條水色項鏈，正在**比手劃腳**地跟一個攤主說話，看樣子是在**討價還價**。

桑代克向夏洛克點點頭，然後悄悄地走近那人。

攤主用**放大鏡**檢視完水色項鏈後，說：「**2便士**，不能再多了。」

「怎可能？一袋子首飾和碗碟，只值2便士？」大耳朵大聲質疑。

「哎呀，這些全都是**便宜貨色**。你看這項鏈的手工，根本就是**外行人製作**的嘛。2便士已是給多了，其他攤檔根本看也不看呢。」攤主**不留情面**地說。

「**豈有此理……**」大耳朵雖然**深深不忿**，但也只好接受，「算了，那就2便士吧。」

當攤主正想接過水色項鏈和袋子時，桑代克突然閃出，並喝道：「等等！那些是 賊贓 ，不能拿來買賣！」

大耳朵**大吃一驚**，

但迅即回過神來，他一手奪回袋子轉身就逃。

「別走！」桑代克連忙追去。

「可惡！是條子嗎？休想追到我！」大耳朵邊跑邊將**攤子的貨品**推到地上，企圖阻礙桑代克追來。但**身手了得**

的桑代克一蹬一躍就避過了障礙，當他正要伸手抓向大耳朵時，一名推着**嬰兒車**的婦人突然在大耳朵前面步出。

「**滾開！**」

大耳朵怒吼一聲撞開了婦人，並一個轉身，抓起嬰兒車就往桑代克扔去。桑代克一個閃身，避過了嬰兒車，但車上的嬰兒卻被拋出了車外，眼看就要**硬生生地撞到地上去了**！

「**可惡！**」桑代克奮不顧身的飛撲過去，在**千鈞一髮**之際把嬰兒緊緊地接住。可是，當他把嬰兒交回給婦人時，大耳朵已

經逃得遠遠，跑進了迷宮似的貨倉內了。

桑代克全力追上，卻被很多木箱擋在前面。

「為了逃走，竟然傷害無辜嬰兒！我豈能放

過你！」桑代克在盛怒下，衝進了貨倉之中。

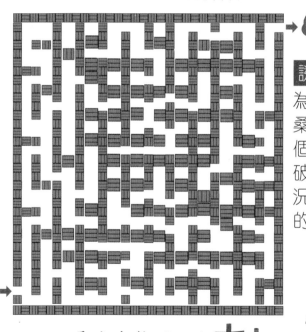

謎題④

為了追上大耳朵，
桑代克必須破壞兩
個木箱。如何在只
破壞兩個木箱的情
況下，到達大耳朵
的位置呢？

桑代克推開一個**大木**

箱，然後再一蹬，跳上了

另一個木箱之上。

你能否只破壞兩個木箱就突破迷宮呢？不行的話，可以在第83頁找到答案。

接着，他再跳過了幾個木箱，當看到大耳朵的位置後，就**縱身一躍**，凌空抓緊了倉庫的橫樑。靠着**慣性衝力**，他撞破了眼前的一個木箱，再一個大翻身，「**嘩**」的一聲，剛好落在大耳朵的面前。

「可惡！」

走投無路的大耳朵提起袋子用力一揮，直往桑代克的面門打去，但桑代克只是把手一伸，就抓住了袋子。同一剎那，桑代克已**揮出一拳**，大耳朵還未反應過來，已「**嘭**」的一下倒在地上，昏過去了。

項鏈的秘密

「**哇！好厲害！已抓到犯人了！**」

當夏洛克和猩仔趕到時，桑代克已經把大耳朵

綁起來了。

「猩仔，你去通知**蘇格蘭場**警方來接收犯

人吧。」

「好哇！這麼**重要的任務**，就交給團長我來辦吧！」猩仔拍一拍心口，就一溜煙似的跑走了。

「這……是你媽媽的吧？」目送猩仔離去後，桑代克遞上**一條項鏈**。

「呀！沒錯，這……這是媽媽的！」夏洛克接過**水色項鏈**興奮地說。

「你說過，你媽媽很珍惜這條項鏈，是嗎？」

「是啊，她常常看着這條項鏈**看到出神**。」夏洛克說着，**小心翼翼**地用手帕把項

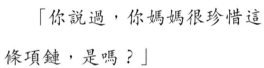

鏈包好。

「是嗎……？她看到出神嗎？」桑代克**若**

有所思地呢喃。

「爸爸出海回來時，常會買一些**外國首飾**

送給媽媽，但媽媽最喜歡戴的……

卻始終是這一條。」

「是嗎……？」桑代克臉上浮現出一抹**苦澀**。

「對了，桑代克先生。」夏洛克忽然問道，

「你怎會知道這條項鏈的？」

「甚麼意思？」桑代克赫然。

「在當鋪查問時，你對這條項鏈的描述，就像**親眼見過它似的**。而且，還說它是**獨一無二**的。」

「這個嘛……」桑代克沒想到自己情急之下**露了餡**，只好含糊地應道，「水色項鏈……差不多都是這樣子的啦。你……你不是說過你媽媽很珍惜這條項鏈嗎？既然如此，對她來說，這條項鏈不就是**獨一無二**的嗎？」

「原來是這個意思。」夏洛克**似懂非懂**地點點頭，「其實，這只是一條很**普通的項鏈**罷了，我看不出它有甚麼獨一無二之處啊。」

「對，只是一條很普通的項鏈……」桑代克

自言自語地呢喃，「不過，**凝結在項鏈裏的情感**……卻是獨一無二的……」

霎時間，昔日的回憶就像**走馬燈**一樣，在他的腦海中**忽隱忽現**。

「這是你親手造的嗎？」美蒂絲拿着水色的項鏈，**情深款款**地問道。

「是……」唐泰斯尷尬地說，「抱歉，我沒錢，買不起名貴的首飾。這……這是我的**第一份禮物**，是不是太過**粗糙**了？」

「不會啊。名貴的首飾總有個價錢，但你為我親手製作的這份**心意**，卻是**無價**的。

而且，這條項鏈只此一條，它是世上獨一無二的，不是更珍貴嗎？」美蒂絲**嫣然一笑**，然後背向唐泰斯說，「來，你來替我戴上吧。」

「啊……好的……」唐泰斯呆了一下，才懂得**笨手笨腳**地為美蒂絲戴上項鏈。

美蒂絲看了看掛在自己身上的**水色吊墜**，高興地轉了一個圈。她那**甜美**的笑容在陽光映照下，顯得格外**耀眼**。

「美蒂絲……」想到這裏，桑代克不禁**眼泛淚光**。

「桑代克先生，你怎麼了？」夏洛克詫異地問。

「沒甚麼，昨晚睡得不好，**眼睛有點癢**

罷了。」桑代克笑道，「快把項鏈拿回去給你媽媽吧。我有點事要辦，這裏就交給你和狸仔了，**後會有期**！」說完，他揚起大衣，頭也不回地走了。

桑代克在很早之前已決定了，他不能讓美蒂絲平靜的生活**再起波瀾**。他知道在維勒福的**陰霾**下，他絕對不能與美蒂絲相認。雖然，他**對美蒂絲的思念**，就像那條水色項鏈一樣，依然**緊緊地繫在他的心頭**。

謎題①

4個懷錶中，時間最慢的是羊大媽的懷錶（1時05分），而最慢的懷錶慢20分鐘。那麼，我們可知慢了20分鐘的懷錶就是羊大媽的懷錶，它的正確時間應是1時25分。如此類推就可得知：

羊大媽的懷錶= 1時05分 (慢20分鐘)
小鹿的懷錶= 1時15分 (慢10分鐘)
虎大叔的懷錶= 1時30分 (快5分鐘)
斑馬哥的懷錶= 1時35分 (快10分鐘)

謎題②

答案如下圖：

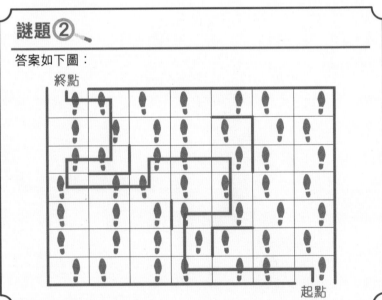

謎題④

答案如下圖：

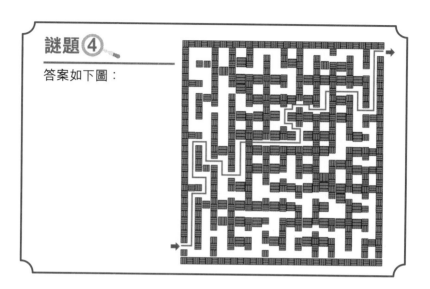

謎題③

答案如下圖：

圖中還有桑代克，
夏洛克及猩仔三人，
你知道他們在哪裏嗎？

實戰推理短篇

黑色聖誕老人

聖誕老人的提問

臨近**聖誕**，天氣變得愈來愈冷。猩仔走在白雪紛飛的街上，一邊從口中呼出**一團團白氣**，一邊低吟：「好冷……好冷啊……」

他頂着飛雪加快腳步跑回家去，一心只想着更衣後馬上躲進被窩中**暖暖身子**。然而，當他踏進家門，一個**巨大的身影**卻擋在他的面前。

「你又跑到哪裏玩耍了？」身影喝問。

猩仔**定睛一看**，原來是爺爺——**李船長**。

「我不是玩耍啦，我是去查案啊。」猩仔慌忙解釋。

「查甚麼案，你又不是警探。」

「哎呀，我可是**少年偵探團G**的團長呀。爺爺，之前報紙上刊出我的照片時，你不是也很高興嗎？」

「你要玩**偵探遊戲**我不管！」李船長把一張紙舉到猩仔的鼻子前，「但你考試老是**不合格**，我怎麼向你父母交代呀！」

看到那張**滿江紅**的成績單，猩仔指着上面的「**10分**」，嬉皮笑臉地説：「哈哈呵呵哈……不算太差啊……哇哈哈……你告訴爸媽，説**只差一個0就100分**，説不定，他們會很開心呢。」

「**傻瓜！**」李船長用煙斗敲了一下猩仔的**腦瓜子**，罵道，「再不好好讀書，聖誕節就休想得到禮物！」

「怎可以啊！聖誕節是**普天同慶**的日子，人人也會有禮物的呀！」猩仔慌了。

「你不知道嗎？好孩子才會收到**紅色聖誕老人**的禮物。」李船長一頓，突然以陰森的語氣續道，「嘿嘿嘿，但壞孩子的話，只會被**黑色聖誕老人**狠狠地教訓啊。」

「黑……黑色聖誕老人？那……那是甚麼？」猩仔結結巴巴地問。

「**嘿嘿嘿**，到時你就知道了。像你這樣不努力讀書的**壞孩子**，黑色聖誕老人一定會來找你的。」

「我……我不信！**我不信！**」猩仔被嚇得一溜煙似的跑進了自己的房間。

猩仔脫下衣服一扔，就鑽進被窩中。

「哇！好冷！」但冰冷的床單，也叫他打了個寒顫。

這時，掛在床頭的聖誕襪子闖入眼簾，他的腦海中忽然響起爺爺的說話：「像你這樣不努力讀書的壞孩子，黑色聖誕老人一定會來找你的。」

「嗚！爺爺太可惡了！竟然編故事嚇唬我，害我睡不着了。」

猩仔愈想愈怕，只好抓起被子，把整個頭也蓋起來。他在被子裏哆嗦，哆嗦着，不知不覺就睡着了。不知過了多久，忽然，猩仔被嘈雜的聲音吵醒了。

「唔？」猩仔矇矓之間聽到有人在動他床

頭的聖誕襪子。

「**聖誕節**還未到呀，聖誕老人這麼早就來了？」他心想。

猩仔「嗗咚」一聲吞了一口口水，**壯着膽子**從被子的縫隙中偷看，只見一個身穿**黑袍的怪人**，把手伸進他的聖誕襪子裏！

那人身形高大，在窗外射進來的**月光映照**下顯得**異常陰森**。猩仔嚇得差點叫出來，但幸好及時用雙手掩着嘴巴，沒有發出聲音。

「黑色⋯⋯聖誕老人！是⋯⋯**黑色聖誕老人**！」猩仔**瑟縮**在被窩中一動不動，「黑色聖誕老人知道我⋯⋯是壞孩子，終於⋯⋯來找我了！」

不一刻，那黑色聖誕老人在房間裏轉了個圈，就**輕手輕腳**地離開了。猩仔想起床去找爺爺，但身子卻不聽使喚，仍害怕得連被子也不敢揭開。他在被窩中**縮作一團**，只能抱着頭呢喃：「別怕別怕⋯⋯我一定是在**做夢**⋯⋯」

「對，一定是在**做夢**，只要睡醒就沒問題了。睡吧⋯⋯快睡吧⋯⋯」猩仔**自言自語**地安慰自己，慢慢地又進入了**夢鄉**。

第二天，猩仔以「少年偵探團G」的名義召開緊急會議，把夏洛克和馬齊達召集到豬大媽的雜貨店。

「**我被黑色聖誕老人盯上了！**」夏洛克和馬齊達甫一進門，猩仔**劈頭就説**。

「甚麼？」夏洛克與馬齊達不明所以。

「是⋯⋯是黑色聖誕老人呀！」猩仔把昨晚遇到的事，**繪影繪聲**地説了一遍。

最後，他從口袋中掏出**一張紙條**，緊張地説：「我以為自己是在做夢，但今早起來，竟然在

聖誕襪子裏找到這東西！」

夏洛克兩人湊過去看，只見紙條上寫着：

謎題①

這是一個對壞孩子的測試。如果你不想受到黑色聖誕老人的懲罰，就解答以下問題，並把正確答案放回聖誕襪子裏吧。

$$7+18=7 \qquad 12+21=6 \qquad 2?+12=9$$

問題：「？」是甚麼？

「這是**數學題**嗎？」馬齊達問。

「哈，看來黑色聖誕老人已認定你是壞孩子呢。」夏洛克**忍俊不禁**。

「別胡説！」猩仔為了**掩飾不安**，激動地反駁，「我……我是好孩子！」

「其實黑色聖誕老人是甚麼？」馬齊達又問。

「你不知道嗎？」夏洛克說，「黑色聖誕老人名叫**可內特·雷普特**(Knecht Ruprecht)，相傳他總是穿着連帽的**黑色長袍**，手持一根**長根**及**裝滿灰燼**的**袋子**。每逢聖誕節，他就會出動去教訓壞孩子。例如用盛灰袋拍打他們，又或用**石頭**、**樹枝**等廢物換走他們的聖誕禮物。」

「這麼可怕？」馬齊達被嚇得**心頭一顫**，「我沒遇過他，我應該是好孩子吧⋯⋯？」

「我也沒遇過呀。」夏洛克**別有意味**地瞄了一眼猩仔，「但是⋯⋯有人卻遇上了。」

「喂！甚麼意思？你說我嗎？我也是好孩子呀！只是……只是那個黑傢伙**無緣無故**地纏上我罷了！不要**說東說西**了，快來幫手解謎吧。」

「你不會算術嗎？」夏洛克斜眼問。

「我……我當然會算術！但7加18，怎麼可能等於7？一定是那黑傢伙故意**刁難**我！」猩仔說。

「的確，7加18是不可能等於7。」夏洛克想了想，「那麼你告訴我，7加18應該等於多少吧？」

「……23，是**23**吧？」猩仔搔搔頭答道。

「應該是**25**。」馬齊達小聲提醒。

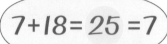

$7+18=25=7$

「對！對！**7加18是25！**」猩仔連忙更正。

「哎呀，怪不得你會被黑色聖誕老人盯上了。」夏洛克沒好氣地說，「那麼 **25和 第一題答案 的7有甚麼 關連 ？** 你又能否看得出來？」

「會有甚麼關連啊？」猩仔疑惑地問。

「呀！我好像想通了！」馬齊達說，「『**?**』會不會是**4**？」

「你答對了！」夏洛克 **拍手讚賞**。

「答案是**4**嗎？」猩仔慌忙把答案寫下來。

「你抄下來就算了？不想知道怎樣計

出來的嗎？」夏洛克問。

你知道「？」為甚麼會是4嗎？不明白的話，可以在第125頁找到答案。

「哎呀，最重要的是那黑傢伙不要再來找我呀！」

「你老是這樣，才會被當作壞孩子啊。」

「**別囉嗦**了，答對就行啦！」猩仔**嬉皮笑臉**地說，「好了，我們去玩**兵捉賊**遊戲吧。我做兵！你們做賊！」

「每次都是你做兵，不公平啊！」夏洛克抗議。

科學小知識

猩仔常常放屁，成因是甚麼呢？

　　放屁是正常的生理現象，成年人平均每天都會放8至10公升的屁。人之所以有屁，是因為被小腸消化吸收過後的食物殘渣，會於大腸內進行發酵，並產生氣體。這些氣體大部分會被腸管吸收，但小部分會透過肛門排出，導致我們放屁。

　　此外，屁的氣味跟我們飲食有關。例如我們進食番薯等高澱粉或高纖維食物，就會導致屁量增多。而進食肉類等蛋白質含量高的食物，則比較容易導致我們放臭屁。

老人 再度現身

玩了一個下午，猩仔晚上回到家後，馬上就把寫有答案的紙條塞進**聖誕襪子**中。

「我照你的指示回答問題了，你就不要再來找我了。求求你，千萬不要來找我啊。」猩仔**念念有詞**地說，彷彿黑色聖誕老人就住在襪子裏似的。

吃過晚飯後，猩仔鑽進被窩中，很快就入睡了。

睡到半夜，忽然，「**咚**」的一聲響起，把他吵醒了。

「唔？誰放屁？」猩仔矇矇矓矓中嗽了一下鼻子，「是夏洛克？還是馬齊達？一定是夏洛克了。唔……好臭……！」

被臭氣熏醒後，他睜開眼睛看了看，發覺四周漆黑一片，萬籟俱寂。

「還未天亮嗎？」他揉着眼狐疑的時候，忽然，房門被打開了。

「啊……難道……那黑傢伙來了？」猩仔緊張得馬上瞇起眼睛裝睡。從眼簾的縫隙中看去，他隱隱約約地看到黑色聖誕老人的身影。

那黑色老人一步一步地靠近，猩仔被嚇得不禁渾身哆嗦。當他走到床邊後，忽然巨手一伸，拉起了被子！

「哇呀！**我死定了！**」

猩仔急急閉上眼睛驚呼，卻又喊不出聲來。

然而，沒想到的是，老人竟然把被子輕輕放下，原來只是為他**蓋好被子**。

接着，猩仔聽到一些**窸窸窣窣**的聲響，聽起來像是紙張和布料的**磨擦聲**。不一會，一下輕輕的關門聲傳來，那個黑色聖誕老人已離開了房間。

「我明明已把房門鎖好了，他到底是如何走進來的？」猩仔**靜待了一會**，確定黑色聖誕老人不會回來後，馬上掀開被子翻身跳下床，

一個箭步衝去把房門

鎖好。

「襪子！他動過聖誕襪

子！」

猩仔立即伸手往襪子

中掏了掏，掏出了一

張紙條。

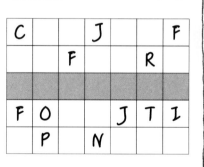

謎題②

你的數學看來進步了，接下來就測驗你的英語。不想被黑色聖誕老人纏上，就要多動腦筋了。

灰色格子連接起來就是一個英語單字，你懂得嗎？

C			J		F
	F			R	
F	O		J	T	I
	P		N		

「甚麼呀？完全看不懂啊。算了，明天去問夏洛克他們吧。」猩仔**搔了搔頭**，想也不想就放棄了。

第二天一早，少年偵探團G的三名成員又聚集在豬大媽的雜貨店內。

「甚麼？黑色聖誕老人又出現了？」馬齊達驚呼。

「對啊，他還為我蓋被呢！看來他已知道我是個好孩子了。」猩仔自賣自誇地說。

「為你蓋被？」夏洛克詫異得瞪大了眼睛。

「對啊，不過他又留下了謎題考驗我們呢。」猩仔把寫着謎題的紙條遞上。

「**謎題是給你的**，不是給我們的。」夏洛克一手把紙條推開。

「嘻嘻嘻，都一樣啦。」猩仔吃吃笑地說，

「我是偵探團的團長，**我的事**就是**你們的事啦**。」

「你老是把問題丟給別人，才會被黑色聖誕老人盯上呀！」

「嘿！別**把話題岔開**，難道你怕解不開謎題？」猩仔使出**激將法**。

「我怎會解不開？拿來吧！」夏洛克一手奪過紙條細看。

馬齊達湊過頭去看了看，說：「格子上有些英文字母，不知道與**灰色的空格**有沒有關連呢？」

「從上數下第4行，如是從左至右向橫看的話，就是FO□□JTI。」夏洛克自言自語，

「唔……好像沒有這樣的英文單字呢。」

「哈！我知道了！那黑傢伙出錯題！」猩仔**自作聰明**地說。

「會不會是該**縱向**地看呢？」馬齊達問。

「這觀點很好。不是向橫看的話，就試試向縱看吧。」夏洛克口中**念念有詞**地說，「C……D……E……F……」

「D？哪有D呀？你瞎了嗎？」猩仔嘲笑。

「我知道答案了！」夏洛克**靈光一閃**，「答案就是ENGLISH！」

「甚麼？ENGLISH？」

你們看出了箇中奧妙嗎？看不出的話，可以在第125頁找到答案啊。

猩仔驚訝地問，「你怎知道的？」

「剛才不是說了嗎？因為是 **CDEFG** 呀。」

「甚麼 **CDEFG** 呀？」猩仔 **鼓起腮子** 不耐煩地說，「可以說清楚一點嗎？」

「馬齊達你明白嗎？」夏洛克問。

「你的意思……」馬齊達有點猶豫地說，「第二行……難道是 LMNOP？」

「**LMNOP？**」

猩仔想了想，恍然大悟地叫道，「啊，原來是這樣！**哇哈哈！** 太容易了！我一看就明白了！」

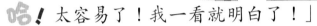

「那麼接下來，你打算怎麼辦？」夏洛克問猩仔。

「這個問題嘛⋯⋯」猩仔**皺起眉頭**説，「我想把答案放回襪子裏，但又怕他再給我新謎題。這樣下去，不就**沒完沒了**嗎？」

「那麼，不如試試不回答。怎樣？」馬齊達提議。

「這個嘛⋯⋯可是⋯⋯」猩仔有點遲疑。

「你怕黑色聖誕老人會教訓你？」夏洛克**戳破**猩仔的顧慮。

「甚麼？我怕他？才不是！」猩仔立即反駁，「我**天不怕地不怕**，為甚麼會怕黑色聖誕老人呀！」

「那就試試不回答呀！」

「**試就試！**我猩爺會怕嗎！」

晚上，猩仔**猶豫**了一會，最終也沒把答案放回聖誕襪子裏。

他鎖好房門後，就坐在床上想：「哼！我**今晚不睡**，看看那黑傢伙敢不敢再來！」

猩仔努力地睜着眼睛，但每眨一下眼，他的眼皮也會**重得睜不開**，好幾次都幾乎睡着了。

「不行、不行！我不能睡！」猩仔用力**拉長自己的面頰**，想讓自己清醒過來，但**眼皮**始

終不聽使喚，馬上又塌下來。

「對了！**挖鼻最提神**。」猩仔挖呀挖呀，還挖出鼻屎來數，「**一粒鼻屎、兩粒鼻屎……**」

數着數着，卻慢慢地進入了**夢鄉**。

當他再次張開眼時，天已亮了，還看到爺爺那張**大臉龐**緊貼在自己眼前。

「哇！爺爺你幹嗎呀？」

「你怎麼把手指**插在鼻孔**中睡覺？」

「是嗎？哈哈哈，一定是我在睡夢中遇到

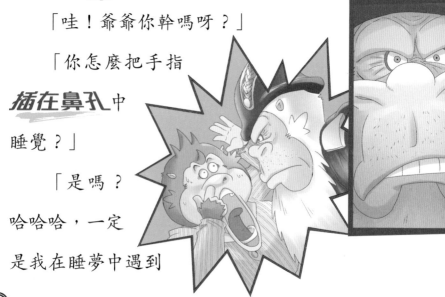

難題了。」猩仔説着，使勁地拔出了**一根鼻毛**，當他張開嘴巴正想打出噴嚏之際，李船長**眼明手快**，馬上用煙斗往猩仔頭上一敲，及時制止了一場**噴嚏小風暴**的發生。

「你的朋友來找你，他們在外面等着。」

「**新丁1號**和**2號**嗎？」猩仔往窗外望去，看到夏洛克和馬齊達正站在樓下。

「我要去碼頭一趟。你讓他們進來玩吧。」李船長説完，轉身就走了。

老人的真面目

夏洛克和馬齊達還未坐下來，猩仔就問：「你們怎麼來了？」

「我做了一個**聖誕蛋糕**，想跟你一起分享。」馬齊達拿着一個蛋糕盒説。

「我們也想查清楚是否真的有**黑色聖誕老人**呀。」夏洛克説，「你昨晚沒有交出答案吧？」

「沒有啊，我一直**睜着眼沒睡**，他一定是怕了我呢！」猩仔**自以為是**地説。

「你檢查過**聖誕襪子**了嗎？」馬齊達問。

「他沒來呀，還要檢查嗎？」猩仔往聖誕襪子裏掏了兩下，取出了**一張紙條**，「唔？這是？」

「是謎題，肯定是黑色聖誕老人又來了。」馬齊達說。

「哎呀！你一定是**監視**時睡着了。」夏洛克沒好氣地說，「紙條上寫甚麼？快給我看看。」

嘗試是很重要的。即使你解不通昨天那道題，也應該嘗試作答呀！

如果你比較擅長數學題的話，試試解開下面的聖誕樹謎題吧。

記住！不回答的話，會受到黑色聖誕老人的懲罰！

「黑色聖誕老人纏着猩仔不放，該怎麼辦啊？」馬齊達擔憂地問。

「先解開這道謎題再說吧。」夏洛克盯着謎題**思考**片刻，「唔……看來像一條算式呢。」

「算式？怎樣看也像**掛着吊飾的聖誕樹**，一點也不像算式啊。」猩仔説。

「我倒覺得有點像**天秤**呢。」馬齊達説。

謎題③

☆等於甚麼數字呢？
請於Ⓐ、Ⓑ、Ⓒ、Ⓓ中，
選出正確的答案。

144

Ⓐ18 Ⓑ9 Ⓒ31 Ⓓ27 ☆=?

「天秤？」夏洛克眼前一亮，「難道……是條與**重量**有關的算式？」

「即是怎樣？」猩仔問。

「你們看，樹頂的數字是**144**，下面就像一個**兩邊平衡的天秤**，即是說，左右兩邊各自的重量應是72。**如此類推**的話……」夏洛克走到書桌前，拿起紙筆計算了一下，「答案應該是D，即是27！」

「等等！你隨口就説出答案，人家怎知道你的答案是否正確啊！」猩仔投訴。

答案為甚麼會是27呢？想不通的話，可以在第125頁找到答案。

「**計算過程**全都寫在紙上，你自己看吧。」

夏洛克把答案遞了過去。

猩仔接過紙條**死死地盯着**，不一會已盯得**臉紅耳赤**，彷彿把紙也看穿了。

夏洛克見狀**大驚**，一手搶過紙條説：「哎呀，別再想了！我怕你出 拉屎功 呀！」

「謎題已解開了，現在應該怎辦？」馬齊達問。

「還用問嗎？當然是陪我合力抓住那個黑傢伙啦！」猩仔**理所當然**地説。

「也好，我也想看看黑色聖誕老人是何方神聖。」夏洛克**爽快地**答應。

「可是……」馬齊達卻顯得有點擔心。

「不用怕啊！我們少年偵探團G一起出動的話，一定會**馬到功成**的！」猩仔**大言不慚**地叫道，已完全忘了自己躲在被下的那副**窩囊相**。

到了晚上12時，猩仔催促：「**快！快！快！**躲到床下面去，千萬不要張聲。那個黑傢伙來了，就**看準時機**抓住他的腳。」

夏洛克鑽到床下時，卻發現地上有很多紙張，於是問道：「咦？這些是甚麼？」

「等等！不要看呀！」猩仔**連忙阻止**。

「啊？看來是**學校測驗卷**呢？怎麼全都是不合格的？」**説時遲那時快**，夏洛克已抓

起幾張看了看。

「我……我只是一時失手罷了！」

「這幾張也是滿江紅呢。」夏洛克撿起另外幾張說，「也是一時失手？」

「你們別管！快給我躲好！」猩仔搶走試卷，**老羞成怒**地說。

「哎呀，別吵了，抓黑色聖誕老人要緊啊。」馬齊達慌忙打圓場，「猩仔，你回到床上裝睡吧。」

接着，兩人伏在床

底下，**屏息靜氣**地等

待黑色聖誕老人的出現。

「　　　　　　　」

不一刻，床上傳來了猩仔的鼻鼾聲。

「**豈有此理！**黑色聖誕老人還沒來，他

竟然已經睡着了？」夏洛克正想爬出床底訓斥猩

仔之際，卻聽到一陣**緩慢的腳步聲**從房門外

傳了過來。

「有人來了！」馬齊達緊張地拉住夏洛克。

下一

瞬間，房

門被推開

了。一對黑色的厚皮鞋**一步、一步、一步**

的走近床邊。

接着，一陣衣物磨擦的聲音從床頭傳來。夏洛克兩人知道，黑色聖誕老人正在掏摸掛在床頭的聖誕襪子。

「嘿，答對了呢。」一個沉厚的嗓子自言自語，「肯動腦筋不就能解答了嗎？」

「看來不是壞人呢？」馬齊達在夏洛克耳邊輕聲說。

「對，出去看看吧。」夏洛克翻身一滾，就從床底滾了出去。

「哇！」黑色聖誕老人被嚇了一跳。

「你好！」夏洛克迅速站

起來，向老人打了個招呼。這時，馬齊達也從床下鑽了出來。

「你們是……？」

「我叫**夏洛克**，他是**馬齊達**，是猩仔的朋友。」

「喔，我聽過你們的名字。」黑色聖誕老人脫下黑帽子說，「我是**猩仔的爺爺**。大家都叫我**李船長**。」

「我就知道是李爺爺。」夏洛克笑道。

「啊？你早已知道了？」馬齊達詫然。

「很簡單的**邏輯**啊。鎖好了門也能進來，又替猩仔蓋被子，除了同住的李爺爺還有誰？」夏洛克解釋道。

「你很聰明呢。」李船長笑問，「是猩仔叫你們來**調查**的嗎？」

「沒錯。」夏洛克說，「但你為甚麼要假扮黑色聖誕老人去考驗猩仔呢？」

李船長看了看睡夢中的猩仔，**語帶感觸**地說：「我常常出海，

沒時間好好教導他。最近他又沉迷玩**偵探遊戲**，測驗的成績**愈來愈差**，我看他頗在意黑色聖誕老人的傳說，就想用這個身份去嚇唬他，好讓他**動動腦筋，好好學習**。」

「可是，那些問題都是夏洛克解答的啊。」馬齊達**衝口而出**。

「真的？」李船長看了看夏洛克，夏洛克只好**頷首稱是**。

「喂！你給我起來！」李船長取出煙斗，就往猩仔的頭「咚」的一下叩下去。

「哇！天亮了嗎？」猩仔痛得從床上彈起。

他定神一看，見到夏洛克和爺爺三人站在床邊，不禁問道：「咦？爺爺？新丁1號、2號，你們不是替我抓黑色聖誕老人的嗎？」

「傻瓜！我就是黑色聖誕老人呀！」李船長說，「我給你的問題，全都是別人作答的嗎？你為甚麼自己不動腦筋？」

「我⋯⋯我有動腦筋呀。」猩仔結結巴巴地說，「爺爺，你為甚麼要扮鬼扮馬嚇

我呀！」

「還用問嗎？全是因為你沒好好學習呀！」

「哎呀，你嚇小朋友可不對呀，要不是我膽子大，早已被你嚇死了。」

「**還敢駁嘴！**」李船長拿着煙斗就往猩仔的**腦瓜兒**叩去。

「哇！殺人呀！虐兒呀！**慘絕人寰**呀！」猩仔一個閃身滾下床後大叫。

「**豈有此理！**還要亂叫！」李船長舉起煙斗追打。猩仔見狀慌忙在房裏**亂跑亂撞**，好不混亂。

「吃蛋糕！有蛋糕吃啊！」馬齊達**人急智生**，大喝一聲。

「甚麼？有蛋糕吃？」聞言，李船長馬上停了下來。

「有呀，在這裏。」馬齊達打開盒子，一個**美麗的蛋糕**展現眼前。

「哇哈哈！我最喜歡吃蛋糕了！」李船長**口水直流**，一手就抓起一塊塞進嘴巴裏。

馬齊達和夏洛克沒想到李爺爺會如此興奮，只能呆立當場。

「我也要！」猩仔也**一個箭步衝前**，抓起一塊就往嘴裏塞。

「唔……**太好吃了！**」猩仔兩爺孫一邊

咀嚼着蛋糕，一邊陶醉地讚歎。

突然，房中響起「呠」的一聲，兩爺孫齊聲放了一個 響屁 。

「哇呀！好臭呀！」夏洛克和馬齊達掩鼻大叫。這時，他們才知道，原來 臭屁 也是有 遺傳 的。

解謎篇

謎題 ①

7加18等於25，將25分成2和5再相加，就會得到7。同樣地，12加21等於33，3與3相加後就會得出6。如此類推，就可知道？等於4了。

$$24+12=36 \longrightarrow \boxed{3+6=9}$$

謎題 ②

正如夏洛克所說，第一個直行是CDEFG，第二行則是LMNOP，如此類推，很易看出答案是ENGLISH。

C	L	E	J	G	Q	F
D	M	F	K	H	R	G
E	N	G	L	I	S	H
F	O	H	M	J	T	I
G	P	I	N	K	U	J

謎題 ③

答案如右圖：因為兩邊必須平衡，可知第一道黑線的左右兩邊各是72。先計算左邊的話，就會得出■和▽=4.5。再推算下去，就會知道☆=27。

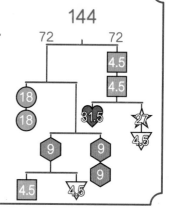

標記

那個遊民又在牆上留下標記……

把它們塗掉吧。

不！

恐嚇更有效！

……？

←內有惡犬

獨一無二

送禮物不一定要名貴。

親手製作禮物，反而更獨一無二呢。

原來如此，我知道該怎麼做了！

這張抹鼻紙送給你吧！

親手製作↗

獨一無二

聖誕①

慘啊！今年收不到聖誕禮物呀！

因為你是個壞孩子嗎？

我是好孩子！

只是全部襪子都破洞了！

聖誕②

比起當蘇格蘭場幹探，我更想當聖誕老人。

因為聖誕老人可令小朋友開心？

不，你的想法太天真了。

是因為聖誕老人每年只須工作一天。

大偵探福爾摩斯

偵探推理系列

SHERLOCK HOLMES

── 赤色塗鴉 ──③

原案&監修／厲河　小說&繪畫／陳秉坤

着色／陳沃龍、徐國聲　封面設計／陳沃龍　內文設計／麥國龍、葉承志

編輯／郭天寶、蘇慧怡、黃淑儀

出版

匯識教育有限公司

香港柴灣祥利街9號祥利工業大廈2樓A室

想看《大偵探福爾摩斯》的
最新消息或發表你的意見，
請登入以下facebook專頁網址。
www.facebook.com/great.holmes

承印

天虹印刷有限公司

香港九龍新蒲崗大有街26-28號3-4樓

購買圖書

發行

同德書報有限公司

九龍官塘大業街34號楊耀松（第五）工業大廈地下

電話：(852)3551 3388　傳真：(852)3551 3300

第一次印刷發行　　　　　　　　　　　　　　　2021年12月
第二次印刷發行　　　　　　　　　　　　　　　2022年10月

©Lui Hok Cheung　　　　　　　　　　　　　　　翻印必究

ISBN:978-988-75650-2-4

港幣定價 HK$60

台幣定價 NT$300

發現本書缺頁或破損，
請致電25158787與本社聯絡。

網上選購方便快捷　　購滿$100郵費全免
詳情請登網址 www.rightman.net